Puteando De Bar En Bar

Relatos de Sexo y Aventura

Franck Apasionado

Prólogo

La vida a veces pasa muy rápido, sobre todo si esta es muy agitada y, los acontecimientos transcurren sin mucho tiempo para pensar. Las cosas suceden en un santiamén y solo te detienes a mirar de reojo solo cuando intentas priorizar para atender las que más se avizoran para que actúes. Así se han sucedido situaciones varias en ella, la chica que protagoniza esta historia, que decide ser puta por elección y que goza sin parar de su aventura y de su placer.

Ella comienza saliendo, inicialmente para complacer a sus amigas y después para complacer su cuca. Es una cuca exquisita, rica, ardiente, simétrica, húmeda y que hace agua tu boca. En principio ya había sido halagada como una cuca que provocaba follar sin miramientos, ya que siendo dueña de esa cuca quería que la hiciera sentir puta. Ella sabía con quien acostarse, y ella decidía en ese mismo sentido, ir un bar u otro dependiendo del ánimo, y dependiendo de cuanto dinero quería gastar en su noche de despeje mental y sexual. Siendo esta chica, una puta de su casa, se centra esta novela que se intitula "Puteando de Bar en Bar" donde hay historias diversas para escenificar los acontecimientos que recaen en esta chica caliente y que sabe gozar y abrir las piernas por simple placer.

Una vez mas <u>Franck Apasionado</u> se encarga de recopilar su sentido del tacto erótico y sexual para entrometerte en la vida caótica y atractiva de la chica de Bar en bar que quiere ser una puta omnipotente que busca placer y se deja coger con demasiada intensidad. Ella quiere dar culo, ella quiere que se la cojan y que no se detengan hasta que ella este como una muy buena puta satisfecha. Estas historias están muy calientes, así como las demás novelas que <u>Franck Apasionado</u> ha publicado Amazon Kindle. No te detengáis y chécalas.

Índice

Excitada Y Puteando

Me fui a dormir extrañando a mi ex. No era un tío muy listo, pero cada vez que la polla se le paraba sabia como penetrarme y hacerme acabar en cuestión de minutos. Siempre que tengo un día complicado, tengo deseos de follar hasta el cansancio. Tal vez será por eso que nunca me sentí a gusto en el internado de jovencitas, buscar el sexo como respuesta no era algo que les agradase a las monjas.

Completamente desnuda y ya recostada, comencé a tocarme. Los dedos empezaron a bajar por mis pechos, pasaron por mi abdomen e inmediatamente llegaron a mi cuca. Estaba tan excitada que necesitaba que me cogieran fuerte. No paraba de pensar en cómo follaba con mi ex y el modo en que su polla entraba y salía de mi coño. Los dedos en mi vulva se movían de forma circular, sintiendo como la humedad mojaba mi mano. Tenía los pezones erectos y mi cuerpo se retorcía con el movimiento que creaba, lo que me llevo a acabar de una manera jugosa. Supongo que de nuevos los vecinos han escuchado los gritos.

Por la mañana, me despertó el timbre y para mi sorpresa continuaba excitada. Tenía un gran deseo de follar y no me importaba con quién. Me levanté completamente desnuda y me coloqué el salto de cama de satén, color rojo que se encontraba a mis pies. Me dirigí a la puerta y al abrirla veo a mi joven vecino.

Noté que mi cuerpo desnudo, sutilmente cubierto, no le incomodaba. No paraba de mirarme las tetas y yo precisaba calmar mi excitación. Sus manos en el bolsillo del pantalón procuraban esconder la erección que estaba teniendo. Necesitaba una polla adentro mío, así que lo invité a pasar, y en cuestión de minutos como quien no quiere la cosa, me besa, me alza y me tira en el sofá. Rápidamente me deja desnuda frente a él, y tras bajarse sus pantalones, con su pene erecto se acerca a mí. Estaba húmeda y excitada, esperando a ser penetrada.

Sin esperar, me introdujo su falo erecto. Que rico se sentía. Me penetraba firmemente, mientras sus manos en mi cadera marcaban el ritmo. Sus fuertes brazos me sostenían y las gotas de sudor no tardaron en comenzar a correr por nuestros cuerpos enredados. Los gritos hacían eco en el ambiente, y en medio de una excitación extrema le pedí que me cogiera más fuerte. Pude ver como ese simple comentario hizo que se le pusiera más dura.

Tomaba mi culo en sus manos, y clavándome su mirada se aseguraba que supiera que era él quien me estaba follando. Mis tetas en su boca hacía que mi vulva se expandiera, permitiendo que su polla se deslizara más fácilmente dentro mío. Su lengua inquieta jugaba con mi pezón, y mis caderas se hamacaban al ritmo que él me indicara.

No teníamos control. Mis uñas se clavaban en su espalda y sus labios dejaban marcas en mis pechos. Sus manos hacían que me moviera cada vez más rápido, hasta que sentí como explotó dentro mío. Quién hubiera dicho que mi vecino del 2"D" pudiera cogerme así.

El aroma a sexo invadió el lugar y yo solo podía pensar cuanto deseaba otro encuentro así. Tenía mi cuca latiendo, mis pezones erectos y mi cuerpo empapada en sudor y fluidos.

Él se levantó y se colocó el pantalón. Me miraba, mientras mi cuerpo desnudo tendido en el sofá, deseaba seguir follando. Me recompongo y me acerco a él. Mis manos comienzan a abrirle nuevamente el pantalón, pues no quería que se fuera sin antes hacerlo acabar con mi boca.

Comienzo a acariciarle y rápidamente se le pone dura. Lo miro, mientras la punta de mi lengua toca sigilosamente su miembro firme y comienzo a chupársela. Mis manos en sus glúteos, se aseguraban que no se vaya a ningún lado, y él sosteniendo mi cabeza, me domestica para que haga lo que le gustaba. Sentía como su pene duro crecía, y yo cada vez más excitada y mojada quería que acabara en mi rostro. Nuevamente los gemidos llenaron el silencio de la habitación, y podía sentir como su polla se hinchaba hasta que su leche acabó en mi boca.

Éramos dos animales sedientos de deseos, empapados y sin intención de detenernos. Mi vulva húmeda y dilatada quería seguir follando. Puso su mano en mi cuello y ejerciendo una pequeña presión hizo que me parara frente a él. Completamente desnuda y sometida a sus deseos me llevó hasta la mensa, sin dejar jamás de tocarme. Era un cazador y yo me había transformado en su presa.

Cuando mis nalgas chocan con la mesa se detiene, acerca mi oído a su boca y me susurra "ahora quiero oírte gritar". Me obligó a darme vuelta, separó con sus pies mis piernas y deteniendo con su mano su polla la dirige dentro de mi coño. Que duro que me daba esta vez, pero que rico se sentía. "Te quiero oír gritar" dijo nuevamente, mientras con dureza me penetraba. Sus manos en mi cadera se aseguraban que me moviera como él quería y mis glúteos golpeando su cuerpo eran muestra de mi entrega. Los gritos no tardaron en llegar y estaba tan cerca del orgasmo que él lo podía notar.

Entre sus manos agarro mis tetas, que no paraban de moverse. Estábamos calientes y ardiendo de deseo, queriendo ambos alcanzar el máximo de placer. Mi cuerpo se encorvaba y el suyo lo seguía, sintiendo como su peso presionaba sobre el mío para asegurarse que no abandonara esa posición. En cuanto aceleraba su ritmo, yo gritaba más fuerte hasta que el orgasmo comenzó a escurrirse por mis piernas.

Los dos terminamos desplomados sobre la mesa, empapados en sudor y recuperando el aliento. En solo unos minutos comencé a sentir ese pequeño y escurridizo escalofrió que recorre tu piel, ese que sientes cuando tu cuerpo regula su temperatura, luego de que tus poros se dilataron por haber acabado. Joder, que rico fue ese encuentro.

Sobresaltada En La Lluvia

En una lluviosa mañana me despierto sobresaltada, con el pulso acelerado y me doy cuenta que tan húmeda estaba, el porqué; no lo sé. Tal vez el clima, el sueño que tuve la noche anterior o por pensar tanto en las ganas de tener una polla dura y mojadita en mi boca. Volver a recordarlo me hizo sentir como la vagina se dilató y comenzó a pedirme lo que desea, con el hambre tan voraz de sexo me quito la camiseta y la pantis, quedo completamente desnuda y dejo que mis dedos entren y salgan de mi cuca al mismo tiempo que me acaricio intensamente mis tetas poniéndolas duras y firmes, listas para ser chupadas como nunca.

No sentí que mis dedos fueran capaces de saciar lo excitada que estoy en este momento, busqué algo más grande y duro que me pueda penetrar, desesperada por encontrar mi vibrador encontré unas esposas y un látigo de cuero que usaba casi todos los días, los deje a un lado y seguí buscando hasta que por fin lo vi y sin pensar me tendí en el suelo muy abierta y ¡zas! entro en mi cuca sin esfuerzo de lo excitada. Después de unos minutos masturbándome rico supe que era la hora de llamar a dos hombres que me cogieran justo como lo había soñado antes, me imagino muchas pollas grandes y duras con la cabecita húmeda (muy jugosa) por todas partes, quiero una que penetre mi cuca, una por el culo y otra para chuparla y lamerla.

¡Demonios! Ahora estoy peor que antes, tengo que hacer algo de inmediato, me di una ducha, jugando con mis dedos por supuesto; que me encanta hacerlo, duré hora sin darme cuenta y salí lista para lo prometido. Me pongo unas mallas largas con mis piernas esbeltas, una falda muy corta negra, zapatos altos negros, una camisa de botones blanca sin brasier ya que las chicas están firmes y listas para la acción, con chaqueta en mano salí del apartamento con un gran apetito de pollas y bolas.

Varias horas más tarde...

Llegué al departamento sin tener ningún éxito, fui al bar me brindaron unos cuantos tragos, ¡Buf! hombres aburridos sin deseos de una buena cogida, concentrados en solo juegos de apuestas. Frustrada, con los tragos en la cabeza ya resignada, de repente, tocan la puerta de una manera inusual y me doy cuenta que es un amigo cercano, me sorprendió su llegada lo deje pasar notando lo agitado que se encontraba, le pregunte que ocurrió y cuál es el motivo de su visita, respondió:

-Pase por tu depa, ¡y me acorde de ti! Y quise visitarte. Disculpa si te interrumpí en tus asuntos.

-No para nada, más bien acabas de salvar mi noche. Cuéntame cómo te ha ido? y tu esposa?

-Me alegra saber eso, bueno es una larga historia pero en resumen la encontré follando con otro y la furia no me deja pensar.

- ¡Wow! Que lamentable, lo siento muchísimo.

Pero realmente no lo sentía, más bien me avivo su furia y despecho, despertando en mí la excitación que había perdido esta tarde. No me importo que aun estuviera casado o que fuera un amigo cercano, lo deseaba y mi cuerpo caliente está a punto de demostrárselo.

Luego de beber, comer, hablar y coquetear un rato, me agacho suavemente provocándolo y haciéndole notar lo mojada que me tenía con solo verlo y me di cuenta que se está tocando la polla, no pude evitarlo y sin decir nada abriendo las piernas me senté sobre él, quitándole la camisa bajándole la cremallera vi su divino pene húmedo y le digo al oído:

-¿Sabes lo que quiero que le hagas a mis tetas?

-Sí, dímelo.

-Apretarlas y manosearlas, ponerlas en acción, a ver si puedes apoderarte de ellas sin controlarte.

-Claro que lo haré, y te pondré a mamar mi polla completa.

Excitada le respondí:

-Te voy a chupar tanto que no te quedará de otra que acabar en mi boca, y toda tu leche será mía.

En cuestiones de segundos rompió mi camisa de botones dejando mis tetas descubiertas, al chuparme y lamerme como un bebé lo caliente que me pone es inexplicable. Mi vagina abierta húmeda de tanto besos y gemidos le pedí que me penetrara lo más duro que pudiera a lo que me contestó.

-NO!, eres mi puta y te voy a follar cuando yo quiera.

Me agarro y de un sopetón me arrodillo frente a él con la polla en mi boca, ¡ufff! Qué sabor tan rico, húmedo, salado, algo amargo pero como me excita chuparlo y escucharlo gemir, me agarra el cabello y me lo sigue metiendo sin parar. Con mis manos le jalo las bolas y poco a poco su rico culo, antes que lo notara por lo excitado que lo vi, metí mi lengua en su culo mientras le jalaba la polla gimió.

-¡Ah! Pero ¿cómo lo hiciste? Eso me dio ganas de acabar y no lo permitiré.

Le sonrío con cara de chica mala, orgullosa de que estoy logrando descontrolarlo, no aguanté y por lo siguiente bien abierta dilatada y caliente mí cuca estaba lista para ser penetrada, le agarre la polla bien dura (que espere desde esta mañana) y me la metí hasta lo más profundo. Ambos gritamos de excitación y placer, saltando sobre él casi llego al orgasmo pero me levanto acostándome boca abajo sobre la mesa, me lo mete por el culo jalándome el cabello gritándome que ese culo es de él. Escucharlo me estremeció y sentir sus fuertes nalgadas me enloqueció y le digo:

-Tengo unas esposas en el cuarto, porque no mejor vamos para ponerlo interesante. Te voy a esposar en la cama y te montare como quiera. Te haré lamer mi culo y sentir tu lengua adentro mientras te chupo y voy metiendo poco a poco mi dedo en tu culo para hacerte acabar en mi boca para tragarme mi leche.

Asombrado, excitado con ganas de más, acepta empezando una noche llena de sexo, fluidos corporales y muchos orgasmos.

Tarde Del Viernes

En la tarde de un viernes me puse a pensar en mi juventud cuando iba a la universidad y me acostaba con cualquier hombre que quisiese, me gustaban los de polla grandes, los ponía duro rápido. Lo fácil que los llevaba a la habitación, les arrancaba la ropa, especialmente el pantalón, muchas veces no llegábamos a la cama cuando ya me estaba cogiendo. Eran tiempos que solo con tener una falda sexy y camisa escotada eras suficientes para tener muchos penes a mi alrededor, no dejaba de darme placer con todos los chicos que conseguía.

Desde siempre he sido la puta que cualquier hombre desea, y más con mis poderosas tetas y culo, me encantaba serlo era mi pasión, hacer que las pollas se les parara con solo verlas, tanto tiempo que ha pasado y aun me siento más puta que nunca lista para acción. Una vez al cruzar el campus un chico se acerca y me agarra las nalgas con fuerza rompiéndome el pantalón, me quede asombrada ni me lo esperaba, al voltearme lo vi tan excitado que no me quedo remedio de jalarlo y besarlo mientras le agarraba es pene ya medio duro, aun le faltaba más.

Entramos a un salón vacío y justo en el rincón me agache para chuparlo, lamerlo, succionarlo demasiado rico hasta que al fin ya con la cabecita bien mojada me cargo para penetrarme una y otra vez haciéndome gemir como una perra, acabando dentro de mí. Fue la mejor adrenalina de ser vistos más lo grueso de su pene la excitación fue grandísima, extraño mucho esos días, los recuerdo como fueran ayer.

Decide salir de la casa y buscar un buen hombre que me diera una revolcada, ya excitada con tantos recuerdos, me puse unas botas negras de puntas un hilo super ajustado con un short apretado, una franela roja sin brasier y por último una chaqueta negra de cuero, el cabello con una cola de caballo así los chicos se imaginan que me cogen en cuatro y me jalan por la cola, espectacular lista para una noche de mucho placer.

Visitando muchos lugares nada que me llamara la atención, tome la decisión que un bar con buen alcohol es la mejor opción, me encontré con unas amigas charlando y bebiendo vi a dos hombres bien guapos listos para hacer un trio, me senté en la barra un rato para conversar con ellos y resulta que no les interesaba para nada, me sentí avergonzada igual sin pensarlo me quede con ellos por horas, riendo gozando de la noche sentí de repente que un hombre me tocaba el clítoris y no me di cuenta hasta lo mojada que me sentí en el momento.

El placer de ver su mano debajo mi falta y sus dedos dentro de mí fue inexplicable, lo excitada, lo mojada y lo caliente que ese hombre me puso me dejo indefensa. Al verlo tan lleno de deseo le dije al oído lo mucho que quería su lengua dentro de mí, que me chupara por más de una hora y me lamiera hasta el culo. Al escucharme ni se sorprendió me jalo el hilo y lo soltó sintiendo un pequeño azote pero intenso.

Fuimos a la parte de atrás del bar, parecido a un callejón, me pego contra la pared con fuerza subiéndome la franela comenzó a lamerme las tetas, las chupo y mordió mis pezones de una manera que el cuerpo se calentaba cada vez más sin darme cuenta movía la cadera adelante y atrás, dando a entender que necesitaba la penetración de inmediato, pero no él siguió por minutos. Desesperada gimiendo sin cesar, le pedía a gritos que me cogiera como la perra que soy, que me diera más duro que las putas. Me dijo:

-Cállate, eres mi puta y hablaras cuando te ordene. Te voy a coger cuando quiera y donde quiera.

Lo agresivo me gustaba aún más fue irresistible, bajo por mi abdomen hasta subirme la falta donde aparto el hilo y me dio una chupada que a los pocos min me hizo correr, la lengua dentro de mi tan mojada que no paraba de mover al llegar me dio unas nalgadas que dejaron marcar y me decía, "que puta eres, acabaste cuando no te lo ordene ahora vas a sufrir las consecuencias".

En ese mismo instante me voltio metiéndome su polla por el culo, lo tenía tan caliente y grueso que no deje de gemir y pedirle mas, al hablar me daba nalgadas fuertes de castigo. A punto de volver a llegar me lo saca y me agarra la nuca diciéndome que ahora es que está comenzando, me bajo la falda y nos fuimos de aquel lugar.

Tenía muchísimo tiempo que ningún hombre me cogía así, me vuelve más puta de lo que soy, en el carro mientras manejaba metió sus dedos en mi cuca una y otra vez comprobando lo excitaba que me tenía, gritaba que eso era suyo que era su zorra sucia, me clavo sus dedos en el culo hasta que me hizo saltar. Llegamos a un hotel, pidió una habitación caminamos al ascensor y ya adentro lo detuvo para cogerme, no aguanto las ganas de meterme todo su pene, fue duro, fuerte caliente, excitante tenía las piernas abiertas y la cuca me latía quería acabar de unas vez pero no me dejo saco su pene me puso en cuatro y dando por el culo me jalaba la cola de caballo preguntándome ¿qué es lo que quiere mi puta? Solo quería una sola cosa y le contesté:

-Dame toda tu leche, cógeme duro como tú puta y acaba en mi boca para tomarme tú lechita caliente, lo deseo.

No paro, hasta que me hizo acabar derramando todo el líquido en el ascensor, el squirts más intenso que tuve, me levanto, llegamos a la habitación casi sin fuerza me acuesta en la cama y quitándose la ropa me dice al oído ahora es mi turno te llenare toda de mi leche hasta que no pueda más!

Joven Y Caliente

Me acordaba de como follaba en mi juventud. Era toda una puta. Tanto me centre en mi placer imaginativo q un tipo me tocaba la cuca y ni me percataba. Le abrí las piernas para q me gozara. Le dije chúpame y cógeme como la zorra que soy. Hasta que me dio leche caliente

Volvía del trabajo y había tomado l tren de vuelta a casa. Subí a un vagón en el que no había nadie, necesitaba tranquilidad y estar sola con mis pensamientos.

Me senté en un asiento y comencé a recordar como follaba en mi juventud. Si bien no era mayor y me sentía muy bien físicamente (tenía las tetas bien firmes y mi culo seguía erguido) De más joven había sido toda una puta. Follaba con cuanto se me antojara y todo el tiempo.

Me puse tan cachonda recordando lo mucho que había follado y lo rico que se sentía que mi cuca se empezó a humedecer.

Continúe imaginando y recordando, mi cuerpo cada vez se excitaba más, era tanta mi calentura que ni me percaté que en el asiento de al lado se había sentado un hombre que había comenzado a tocar mi cuca.

Primero me tocaba por arriba de mis braguitas, yo estaba tan cachonda que no me importaba nada, solo sentir placer y gozar como cuando era joven, así que abrí bien mis piernas para sentir como sus dedos tocaban mi cuca mojada y que me gozara.

Corrió mis braguitas y luego de meter sus dedos en mi boca me introdujo un dedo. Yo empecé a moverme rítmicamente, hacia adelante y hacia atrás sintiendo como su dedo jugaba con mi cuca, luego saco su dedo de mi cuca para meterlo en su boca y sentir todo mi jugo, volvió a meter su dedo en mi coñito pero esta vez metió otro más, yo empecé a gemir cada vez más sintiendo como sus dedos entraban y salían.

No aguante más, lo tome del pelo le dije:"chúpame y cógeme como la zorra que soy"

El hizo caso a mi demanda y sin pensarlo abrió su boca para comerme el coñito. Me chupaba el coño como si fuera la última vez que lo hiciera, y a mí la idea de que un extraño me estuviera comiendo la cuca en un tren me ponía aún más cachonda.

Mis gemidos se hicieron cada vez más fuertes a medida que recorría con su lengua todo mi coñito, dándome lengüetazos en mi clítoris, chupándolo y dándole mordisquitos.

Yo aprovechaba a tocarme las tetas mientras él me chupaba, me había desabrochado la camisa y había terminado con las tetas afuera, mientras el continuaba dándome placer chupando y metiendo sus dedos en mi cuca.

Después de chuparme un buen rato le baje el cierre del pantalón, tenía la polla muy dura y yo ya necesitaba que me pegara una buena acogida.

No tenía mucho más tiempo, faltaban 5 estaciones para que me bajara del tren y para poder llegar al orgasmo. Sin pensarlo mucho le agarré la polla y empecé a hacerle una paja mientras con mi otra mano continuaba dándome placer.

Me la lleve a la boca llenándola de saliva, me la metí bien adentro llegando a tocar sus huevos con mis labios, el me tomo del cuello haciendo presión para que me la comiera toda mientras me decía "que zorra que sus, mira que duro que me pusiste, ahora vas a ver cómo te voy a coger pedazo de zorra"

Me excitaba que me dijera eso, ya que yo sabía que era muy zorra y era lo que estaba necesitando.

Me comí toda su polla de arriba abajo, dando chupones por todo su tronco y pasando toda mi lengüita por su cabeza, se notaba que estaba muy cachondo ya que no paraba de decirme "que bien que me comes la polla putita, no pares, trágala toda".

Yo estaba tan caliente que perdía la noción de donde estaba, lo único que quería eras sentir esa polla caliente dentro de mi cuca mojada.

El no aguanto más y me dijo: "me pediste que te cogiera no?, ahora vas a ver cómo te voy a coger zorrita"

Se sentó en el asiento y tirándome del pelo me hizo sentarme arriba de él. Yo quería que la metiera rápido, no podía más de lo caliente que estaba, pero el muy cretino lo sabía y empezó a jugar conmigo haciéndome desear aún más tenerla adentro.

Primero dio golpecitos con su polla en mi clítoris, yo jadeaba y me movía al compás intentando meterla dentro pero él seguía con su juego. Luego metió solo la puntita sacándola rápidamente, y me decía ¿la quieres?, pedirme por favor...

Yo le pedía por favor que la metiera pero el continuó metiendo y sacando de mi cuca solo la puntita de su polla, hasta que en un momento el medio de una sola embestida empezando a bombear con fuerza.

Mientras me follaba me manoseaba las tetas y con la otra mano acariciaba el clítoris.

Me estaba follando tan duro que mis gemidos eran ya casi gritos así que tapo mi boca con su mano metiéndola entera adentro de ella.

Mientras me metía su polla caliente cogiéndome bien duro yo empecé a cabalgar como posesa, que rico que se sentía tener ese pedazo de carne caliente dentro de mí, estaba tan mojada y excitada que no aguante más y llegue al orgasmo muy rápidamente.

El sintió cuando me vine y eso lo puso mucho más caliente aumentando sus embestidas contra mi cuca ya un poco dolorida.

"Que zorra que sus, me decía, que rico que te estoy cogiendo", "ahora te voy a dar toda mi leche calentita"

Me hizo agachar y empezó a masturbarse sobre mi boca, "·abrí bien la boquita zorra, que ahora te las vas a tomar toda".

Con una mano se pajeaba y con la otra me magreaba las tetas hasta que empezó a sacar toda la leche que tenía, cayendo en mi boca y parte de mi cara.

Me trague toda la leche que me dio, me acomode la ropa y Salí del tren que justo paraba en una estación.

Me habían pasado dos estaciones, iba a tener que esperar nuevamente el tren para volver llegando más tarde a casa, pero la demora había merecido la pena, había vuelto a ser la zorra que fui de joven.

El Marido De Mi Amiga

Estoy viviendo sola desde hace dos años en un apartamento que compre, ese apartamento tiene tres habitaciones, es muy espacioso a veces me siento un poco sola, pero vivir así tiene sus ventajas, por ejemplo, cuando conozco a un tipo guapo lo llevo a mi apartamento para coger, me gusta andar desnuda y solo puedo gracias a que vivo sola.

Tengo una buena amiga, fuimos compañeras en la universidad, ella se llama Elisa, pasamos buenos momentos, ella realmente era una súper puta media facultad pasó por su cuca y así fue como yo aprendí un poco de ella.

Hace unos días me llamo que viene a la ciudad por unos trámites que, si puedo darle posada, a lo que, por supuesto respondí que sí, será agradable tener un poco de compañía por unos días, como tengo una actividad de trabajo le digo que dejare las llaves de la casa bajo la alfombra que está a la entrada de mi apartamento, ella me dice que fabuloso que por la noche nos veremos.

Llego a mi apartamento casi a las dos de la mañana, abro la puerta y escucho la música muy fuerte, le hablo a mi amiga:

Elisa, Elisa digo, pero nadie me responde la busco en una de las habitaciones y no esta, abro la puerta de la segunda habitación y la miro teniendo sexo con su marido, pensé que ella vendría sola, me quedo parada viendo lo bien que se la coge su marido, no me molesta ver eso así que no hago ruido, me quedo viéndolos coger, empiezo a meterme los dedos en la cuca, me los paso suavemente hasta que mi cuca queda tan mojada que siento la necesidad de meterme los dedos mas profundo, miro como mi amiga es cogida por el culo mientras yo me masturbo viéndolos así pasan algunos minutos y yo con la cuca ya mojada decido irme a mi habitación, comienzo a fantasear de que su marido me está cogiendo a mí, me quedo dormida con las manos en la cuca.

Por la mañana me levanto y encuentro a mi amiga con el desayuno preparado, ella corre a abrazarme y me dice Ana, ayer no sentí cuando llegaste, mira te prepare desayuno, ella me pone al tanto de lo que hará durante el día, después sale su marido me saluda diciendo.

Buenos días, Ana.

Marcelo buenos días respondió.

Le digo a mi amiga que debo irme rápido a mi trabajo, pero ella queda en su casa.

Llego a mi trabajo y como a eso de la una de la tarde mi amiga me manda un mensaje diciéndome que ella tiene que regresar a su casa, que tiene una emergencia, me quedo muy apesarada porque no pude salir con ella, luego me llama por teléfono, pero no puedo contestarle porque estoy en una reunión muy importante.

Llego a mi departamento como a las seis de la tarde, tomo una ducha y salgo de mi habitación completamente desnuda, estoy en la cocina sirviéndome un poco de jugo cuando de repente Marcelo abre la puerta de mi apartamento, yo grito y le digo que, que hace ahí, el me responde, pensé que Elisa te había dicho que yo me quedaría resolviendo todo aquí.

Me llevo una mano a mis tetas y otras a la cuca para cubrirme, cruzo las piernas y le digo que no me o había dicho, le digo que cierre los ojos que iré a cambiarme.

Corro a mi habitación a ponerme ropa, salgo y le pido disculpas, el me dice que yo lo disculpe que fue su culpa.

Después le digo que si quiere ir a una discoteca que está muy cerca.

Él me responde que le gustaría mucho.

Así que nos vamos a bailar, pasan un par de horas Marcelo y yo tomamos solamente unos cuantos tragos, nos ponemos a bailar, siento que él se está acercando mucho, siento como me pone su polla, se acerca a mí oído y me dice:

Sabes hoy que te vi desnuda me di cuenta que tienes una cuca muy grande, me gustaría penetrarte.

Lo alejo y le digo que es el marido de mi amiga, que no diga esas cosas, lo hago para hacerme la difícil pero obviamente si quiero que me coja.

Decido irme a mi apartamento haciéndome la enojada, me acuesto y pienso en la propuesta que Marcelo me hizo, pienso en levantarme e ir a su habitación y dejar que me coja como perra, pero pienso en mi amiga, al fin me duermo, pero despierto por que acabo de soñar que Marcelo me cogía.

Después de pensarlo mucho me digo que nadie se enterara, me levanto de la cama y voy hacía la habitación de Marcelo, lo encuentro completamente desnudo además de estar profundamente dormido, le agarro la polla y comienzo a metérmela en la boca, Marcelo se despierta y me dice, sabría que vendrías por eso me quedé desnudo, sigo mamándole la polla tragándomela completa, me levanta en sus brazos y me lleva hacía sus hombros me apoya contra la puerta y comienza a lamerme la cuca, es tan fuerte siento tan rico esa lamida de cuca que me da, después me tira a la cama y me dice que me va a enseñar un juego.

Me amarra de las manos y pies y me deja boca abajo en la cama, comienza a lamer mi cuca, suavemente hasta que me la deja mojada, luego mete su dedo índice, después me mete tres dedos en la cuca, yo tiemblo de lo rico que siente ser cogida así, nadie me había hecho eso así de sabroso.

Después empieza darme nalgadas con sus manos, primero suaves y después con mucha fuerza, me deja marcado el culo, se siente tan rico se azotada.

Comienza a pasarme su polla por la cuca, solo rozando un poco empieza a alternar me roza la cuca y después me la lame, me tiene tan mojada la cuca que puede sentir lo fácil que resbala su polla, después me penetra con su polla, me dice que levante un poco mi culo y yo muy obediente lo hago, empiezo a gemir, siento como tiembla todo mi cuerpo, Marcelo me penetra por el culo mientras me da de nalgadas y me dice te gusta cogerte a los maridos de tus amigas, verdad puta , después me suelta y me coloca en posición que quede mi cabeza en el aire, me mete su polla en la boca y me dice que le saque la leche, comienzo a mamarle la rico la polla que se pone rojo y se le resaltan las venas de la frente y cuello me trago toda su polla y lo hago eyacular, me trago su leche.

A pesar de todo fue bueno que se fuera mi amiga, pienso cogerme a su marido toda la semana.

Rutina De Zorra

Soy una mujer de rutina, me gusta que todo se haga a mi manera, seria, respetada y sobretodo deseada en la cama de muchos. Una mañana llena de oficios que hacer me levanto con una sensación diferente, mi cuerpo ya no es el mismo, tiene una sensación de deseo y necesidad que no había sentido antes, no lo podía creer pero ya tenía muchos días sin tener una cogida como la puta que soy, me sentía con ganas de no respetar las reglas ni la rutina.

Me levanté con ganas de ser penetrada, pero estando sola tuve que pensar otra manera de darme placer de una manera efectiva. Con tanta hambre termine en la cocina aun meditando que haría con esta sensación de putería, comiendo me di cuenta que el borde de la mesa podría servir para frotarme, ya estaba duro y comencé a rozarme el culo con fuerza lo hice por un rato y funciono para excitarme y ponerme más mojada de lo que ya estaba, busque otra cosa que me pudiera y encontré un gran pepino que me ayudaría.

Tome el pepino lo metí en boca para ensalivarlo y con lo húmeda que tenía mi cuca lo metí completo para sentirlo hasta el fondo, no pare de hacerlo la sensación era tan placentera y excitante me hacía gemir, me lo clave tantas veces en mi cuca y no me canse de hacerlo, lo escupía y me lo volvía a clavar. Un pepino no fue suficiente, busqué otro y me lo metí por el culo ah! No se imaginan el placer, las ganas, los orgasmos que me hacía sentir, una mañana llena de masturbación fue más excitante de lo que pensaba.

Al terminar y acabar me fui al baño me duche seguí jugando con mi cuerpo, me toque las tetas, me apretaba los pezones eso me volvía loca, por supuesto que aun con mi pepino dentro de la cuca se sentía mejor que nunca al caer el agua en mi cuerpo. Una ducha que duro horas, pero ya lista de haber acabado varias veces me arregle para salir a buscar un hombre que me cogiera como una puta cara.

Ya lista vestida sexy para que cualquier hombre se excitara al verme y con solo verlo saber que me cogerá en el mismo momento, sin importar donde estuviéramos. Salí entusiasmada, excitada, con ganas de comerme el primer pene que se me atraviesa, me tropecé y empujé a un hombre que trabajaba cerca de mi casa.

Estaba vestido de traje, con un olor espectacular, ojos grandes que demostraban lo rico que cogía, le pedí disculpas por el tropiezo y amablemente me responde que no hay problema alguno, que es primera vez que una mujer tan sexy lo tropieza. Yo muy apenada le invite un café, que era necesario para pedirle disculpas por el inconveniente tocando su brazo coqueteando un poco para que me dijera que sí, tenía ansias que un hombre como él me hiciera sentir toda una puta.

Aceptando mi invitación fuimos a un café cerca del vecindario, conversamos un rato hasta que el deseo y la impaciencia se juntaron, le tocaba la pierna con mis tacones debajo de la mesa mientras me mordía los labios viéndolo a los ojos, sin esperármelo me toma la pierna me quita el tacón y coloca mi pie en su polla, le da un leve masaje con círculos y se va sintiendo como va aumentando de tamaño, la tensión de ambos fue incrementando hasta decidimos irnos del lugar.

Salimos y cruzando por un callejón no se resistió y me empujo al rincón, estaba desolado pero en cualquier momento unos de mis vecinos podría reconocerme, y para mi reputación coger con un extraño en la calle era imperdonable, pero en ese instante no me importo para nada, le dije que me trata como la mejor puta que pudiera pagar y solo se rio con picardía.

En el callejón se quitó la corbata tomo mis manos y las amarro, me subió los brazos y me guindo en un tubo en la pared, estaba extasiada llena de gozo, me subió la camisa hasta mi boca tapándola para que no pudiera gritar dejando mis pechos descubiertos, tomo su correa me apretó las tetas y las amarro juntas bien apretadas, las chupo, las lamió de una manera desesperada haciéndome gemir muchísimo.

Bajando poco a poco lamiéndome el cuerpo, me baja el pantalón hasta los tobillos como estaba sin pantis, facilitándole el trabajo dejando mi vagina expuesta. No lo pude creer pero me levanto las piernas y la manera en que se me abrió la cuca goteando de lo excitada que estaba fue maravilloso, no dejo de chuparme, de lamerme y meter sus dedos una y otra vez ufff!! Me hizo llegar muchas veces.

Cuando menos me doy cuenta tiene el pene afuera grande, grueso, duro, listo para meterlo completo, me excite mucho más y sin poder hablar me movía como queriéndole decir que tenía ganas de cabalgarlo sin parar, y me entendió me tomo por las nalgas las azoto con fuerza y zas! me penetra y me coge tan duro y rápido que apenas me deja respirar, gimiendo sin poder gritar me agito y aprieto la cuca para sentirlo más dentro de mí. Me tomo del cuello y me dio más duro todavía, me levanto el culo y luego de pasar su lengua metió los dedos y me penetro el culo dejándolo abierto y rojo, derrame mi liquido por todo el lugar el gritaba de excitación estaba a punto de acabar, comenzó a alternar los huecos donde me lo metía, su polla roja ya no resistía entre mi culo y mi cuca. Termino acabando en mi culo sintiendo como goteaba su leche tibia con un gemido largo y placentero.

Agitada y agotada, veo que llama por celular y dice, encontré la puta más adictiva de todas la tengo justo ahorita ven y compruébalo tú mismo. Asombrada me di cuenta que llamó a otro hombre para que me cogiera y me dice que él era solo el primero.